길에서 부처를 훔치다

길에서 부처를 훔치다

길에서 부처를 훔치다

길에서 부처를 훔치다

길에서 부처를 훔치다

시아시인선 **020**

길에서 부처를 훔치다

이영우 시집

초판인쇄일 | 2021년 10월 25일
초판발행일 | 2021년 10월 30일

지은이 | 이영우
펴낸이 | 김명수
펴낸곳 | 도서출판 시아북(詩芽Book)

출판등록 | 2018년 3월 30일
주소 | 대전광역시 동구 선화로214번길 21(3F)
전화 | (042) 254-9966, 226-9966
팩스 | (042) 221-3545
E-mail | daegyo9966@hanmail.net

값 10,000원

ISBN 979-11-91108-25-5

길에서 부처를 훔치다

이영우 시집

시아북
詩芽BOOK

누군가 시를 쓰는 것은
내 안에 절을 짓는 일이라고 했다.
자신 안의 절 속에서
끊임없이 자신을 성찰하고
담금질하는 일이라고 했다.
그런 의미에서
소개된 글은 성숙함으로 가고자 하는
기도라고 보아 주신다면
매우 감사할 따름이다.

2021년 10월

이영우

제2부
시간의 강 속에서 머물 수 있는 것

제3부

소소함으로 그려내는 행복 수채화

제4부

돋보기로 읽은 세상의 행간

제1부

나도 없고 너도 없는데
보려고 하는 자가 누구냐

어떤 물음
– 덕숭산 만공탑 앞에서

덕숭산 중턱
만공 스님이 원형 돌 구조물을 안은 채
길을 묻고 있다
나도 없고 너도 없는데
'보려고 하는 자가 누구냐?'*
그러나 사람들은 이 원형 구조물에서
추억을 파종할 뿐이었다
계곡에서는
록색 희망을 충전시킨 후
절정을 내려놓은 갈잎들이 사각사각
길을 떠나고 있었다
자신의 향기를 산기슭에 바르고 있는 구절초의
엷은 미소가 계곡물에 흘러내렸다

그래도 사람들은 여전히 추억 만들기에
심취되어 있었다
만공 스님이 연신 헛기침을 토해냈다.

* 만공선사 법어집 내용

참 설법

- 서산 개심사에서

배 불룩하고
짜리몽땅한 놈들
서로 이어 키를 맞추고
새우등처럼 구부러지고
칡넝쿨처럼 배배 꼬인 놈들
끼워 맞춰 하나로 만든
서산 개심사 기둥들
그래서 모두가 필요한
그렇게 넉넉해짐을
설하는.

천년의 미소
– 서산 마애석불 1

서산 마애석불의 천년 미소
그 비밀의 창문을 열 수 있을까?
머리위에 얹은 총총한 별빛마저
매일 고풍저수지에 씻어내는 가야산 자락들
뭉턱뭉턱 모가진 돌 계단을 오르면서도
끝내 천년 미소의 창문을 열 수 없었다
석불의 웃음은 단지 석공의 기교라는 생각이 들뿐이었다.
내려오는 길
계곡물 속에 잠긴 풍경소리가
얼음 속을 지나면서 내는 비밀의 창문
그 자물쇠를 돌리는 소리가 들려왔다

돌 틈에 걸터앉은 햇살 한 줌
전나무 겨드랑이에서 쏟아지는 짙푸른 바람
봄의 기지개를 켜는 갈잎 바스락거림 ……
창문 자물쇠 틈에서 떨어져
물속으로 흘러가고 있었다.

선운사에서

갈참나무들이 선운산에서
길을 탁발하고 있다
그들이 지나간 계곡물과
바위는 온통 검은 빛을 띠고 있었다
그 물을 식용하는
선운사의 동백과 상사화의
고운 빛으로 보아 결코 오염은 아니었다
그 원인을 갈참나무들의
물 속에 잠긴 뿌리에서 발견할 수 있었다
갈참나무의 혈액인 탄닌 성분이었다
세상과 자신안에 초록의 길을 내려
자신의 혈액마저 세상에 내려놓는 그들
둥 둥 둥
선운사의 북이 이들 머리위에
보름달을 얹어놓고 있었다.

不二를 설하다

- 서산마애석불 2

서산 마애석불을 자세히 보았다
팔목은 세월의 칼에 잘려 파상풍이 심했고
떨어진 콧등으로 빗물이 흘러들어가
축농증으로 훌쩍거리고 있었다
또한 찢겨진 가사 끝으로 바람이 들어
동상이 걸린 무릎에선 진물이 흘러내렸다
그의 삶은 고통의 바다였다
그럼에도 해맑은 저 웃음의 의미

찡그림은 결코 고통의 치료약이 될 수 없고
삶에서 아무것도 변화할 수 없음을 말하고 있는 것
같았다
어쩌면 번뇌와 보리의
불이不二를 설하고 있음이었다.

매산사에서

잡초가 무성한 절
뽑아야 한다는 마음을 내려놓으니
무릎의 관절염이 나았어요
"그냥요 저들을 옮기고 지워야 하는 권리가 제게는
 없는 것 같아서요"
수더분한 보살이 툭 던지는 말에는
망이산* 등성이에서 따온
잡초, 이름없는 나무, 돌 ......의
각종 별들을 끝내 숨기고 있었다
차를 마시는 동안
법당 앞으로 나비 두 마리가 날아들어
개망초 꽃 속에 부처를 출산하고 있었다.

* 경기도 안성에 있는 산

단풍 1

돌아가는 길목이 저토록 환희일까?
절정의 빛, 그 숭고한 무게마저
가볍게 털어낸 그녀들
털어낸 자리 바람이 가득 채워져도
춤을 추며, 대지로 대지로 내려앉고 있었다
그것은 분명 희망이 방망이질하는 흥분이었을 것이었다
예년에 떨어진 이파리들이
한 겨울철 복수 꽃의 노란 심장을 달았듯이
떨어진다는 것은
어쩌면 부화하는 달걀노른자처럼
새로운 심장에 실핏줄을 품는 것이라고 생각했을 것이다
지금 그녀들 곁에는 구절초 한 떨기가 하늘거리고 있다.

단풍 2

투-욱,
아주 가볍게 자신을 잔가지 끝에서
대지로 내려놓았다
마디 끝에는 인연의 끈적거림도
환상의 城인 神의 來世도 전혀 묻어있지 않았다
생의 절정을 가볍게 내려놓는
저 담담함, 어디에서 왔을까
집어 든 그의 몸에서
단지 십여 일 절정을 사른 후, 바람이 된
온갖 꽃들의 내력이 노을빛에 투영되었다
이게 계절 내내 생사 번뇌의 불꽃을 숙성시켜
담담함으로 구워낸 적멸寂滅일까
그 적멸 속에 무아無我의 파도가 철석거리지 않을까
나의 하루가 그의 적멸 속으로 흘러들어가고 있었다.

단풍 3

늦가을 잔가지 끝에서
열리는 회색 빛 공간, 그 쓸쓸함에 취해
사랑한다고, 또 그리워한다고 말하지 마십시오
그것은 너무 가볍습니다
그녀들이
저 잔가지를 아등바등 잡고 있는 것은
흙으로 회귀하는 짧은 길에서
태양의 키스로부터 전해진
생의 오르가즘을 조금이라도 연장하고자 함일 겁니다
이제 제발 참사랑과 참 그리움이
빛바랜 사진처럼 은은해지는 것이라고
뜻 없이 말하지 마십시오
흙의 종착역에서
다시 푸름으로 탑승하는 기차표는 예약
되지 않습니다
저토록
온 몸과 마음을 붉고 노란 절정을 만끽하는 것
그녀들이 세상에 내리는 사랑의 잠언이지 않나 싶습니다.

단풍 4

그녀, 느티나무는
분신들을 떨어내면서 온 몸으로 울지 않았다
다만 이웃 손님을 배웅하듯
아주 가볍게 잔가지들을 흔들 뿐이었다
저토록 아름다운 절정을 길어 올리느라
늙은 노동자인 아버지의 손처럼
군살 더덕더덕한 그녀의 표피
나는 그것을 모성母性의 끈으로
가볍게 묶어 버렸다
그녀 역시 시간의 나무에 매달린 이파리가 아닐까
어쩌면 그 이별을 가볍게 맞기 위해
매년 분신을 떨어내는
이별연습을 하고 있는 것이 아닐까
나 역시도 머리와 손톱을 깎아내며,
자식 출가를 시키며 이별을 해왔다
그러나 그것이 이별 연습일 줄은 까맣게 몰랐다
생각을 물들여야 하는 가을이었다.

단풍이 아름다운 이유

어느 늦가을 아침이었다
뜰에는 낙엽, 즉 죽음이 마구 뒹굴고 있었다
매달린 잎들은
뒹구는 죽음을 물끄러미 바라보면서
잎맥마다 이슬을 머금고 흐느꼈다
나는 그것을 생의 종착역에 대한 두려움과
떨어진 잎을 바라보는 슬픔이라 여기고는
위로의 진혼곡을 틀어놓았다
음률은 잔가지에 매달린 잎들을 촉촉이 적시더니
마침내 뜰 마당에 잎사귀들의 슬픔의 내를 이루었다
유리 창문을 통해 보는 내 눈동자에는 그랬다
뜰로 나가 잔가지를 붙잡고
잎들의 체온과 흐느낌의 파고를 꽉 움켜잡았다
그것은 슬픔과 두려움의 절규가 아닌
마지막 순간까지 삶의 아름다움을
표현하는 노래이자 춤임을 알 수 있었다
그래서 잎들은 더욱 빨갛고 고왔다.

나무는 이파리를 세우지 않는다

폭풍이 심한 날 유심히 나무를 보십시오
뿌리가 뽑히고
자신의 온몸이 찢겨지는 강풍에도
결코 수심에서는 이파리를 뾰족하게 세우지 않습니다
특히 소나무는 더욱 더 그렇습니다
잠시라도 이파리를 세워
가지와 다른 이파리에 상처가 날 때
설령 송진으로 아물어도
수심樹心에 영원한 상흔을
안고 간다는 사실을 잘 알기 때문입니다
바람이 불 때 나를 눕히는 것
나무들의 지혜입니다.

산

스스로 짓고
스스로 갇힌
내 안 감옥의 빗장,
잠시 풀어놓고
가슴에
촛불 하나 켜게 한다.

길 걷기

길 위에서 주우려고 하지 마십시오
주울 것이 없어지고 나면
길을 파헤치게 되고
당신은
땅속에 몸을 감춘 돌부리에 걸리거나
흙 속에 묻혀있던 어둠에 매몰된다고 합니다.
길옆에 낮게 쪼그려 앉으면
가을 국화가 노란 향기로 당신의 외투를 물들이고
당신에게서는 국화 향기가 그윽해진다고 합니다.
길 종착지에는 바람이 걸려있고
그 바람은 누구에게나 공평하다고 하더군요.

길의 완성

길은

자신의 길 옆에서

오랜 세월 사물들의 속살거림을

발효시켜 자신을 만들고 있습니다

그때 진한 향기와 고운 꽃들만 골라서

숙성 항아리에 담지 않습니다

비에 젖어 곯은 꽃들과

길옆 폐가의 고독과

까마귀의 음흉한 울음까지 항아리에서 같이 숙성시켜

길다운 길을 만들어 내고 있습니다.

방문을 열다

삶은
길 위에 다시 푸른 길을 만들고
만든 길을 지워나가며
다시 끝없이 푸른 길을 만들어 나가는 여정인가 봅니다
죽음은
내 몸 속에 무수한 푸른 세포의 방 안에
침입, 기생하여 번식하는 검은 세포의 방들을 찾아
끝없이 지워가다가
끝내 지우지 못하고
새로운 우주에 편입하는 것이겠지요?

섬

저 섬들, 스스로
수평선과 파도로 울타리를 친 채
고독의 알을 품고 있기에
산 정수리에는
도시의 불빛과 속도에 부식되지 않은
별들로 빼곡하다.

깃발

삶은
한 자락의 깃발이다
깃대에 꽁꽁 몸을 매인 채
형체 없는 푸른 하늘을 향해
바람에 찢겨지도록
몸뚱이를 흔들다가
어느 날
태양에 빛이 바랜 몸으로
바람을 가득 안고
깃대에서 내려오는.

발자취

길을 가는 것은
발자국들을 바람 속으로 흘린다는 이야기일 게다
결코 형체 없는 바람은 아닐 게다
허공을 떠돌다
오솔길에,
옹달샘에 내려앉아
풀잎에 맺힌 아침 이슬이 되고
홀로 피는 들꽃이 되고
들길을 수놓는 향기가 될게다
발자국들은
이렇게 오솔길에서 출렁이는 음표 일게다
들판에 울려 퍼지는 어울림 교향곡 일게다.

꽃이 가부좌를 틀다

꽃들이 가부좌를 틀었다
모나고 구부러진 조각들에게
빛과 향기를 나눠
모두 꽃으로 만든 그녀들
밤새 천둥을 동반한 폭풍우가
그녀의 몸을 씻어내렸고
새벽에 별 하나가 씨방에 안착했다

구부러져 원만해진 길
모난 돌 틈에서 서로 어우러졌기에
더욱 고운 빛깔과 우아한 자태의 자신을 볼 수 있었다
그녀는 돌에 얼른 입을 맞추었다.

견고한 성을 쌓다

내 안에 성을 쌓는 일보다
내가 쌓은 내 안의 성곽의 돌들을
한 개 한 개씩 빼내어
쌓은 성을 허무는
그것,
진정 견고한 성을 쌓는 것이라는
사실을 나는 모르고 있었다.

묵화

대나무를 친다
한 잎, 한 가지,
그림의 살점들을 떨어낸다
화선지에 드넓은 공간의 구도가 들어앉는다
갈바람이 아주 자유롭게 드나들 것만 같다
잠시, 삶의 화선지에
애증의 이파리들을 덕지덕지 붙이다
죽음의 문을 여는
삼류 연애 소설을 떠 올린다
다시 대나무를 치기 시작한다
순간 먹물이 엎질러진다
부-욱, 그림을 찢고 창문을 연다
액자로 가둘 수 없는 여백이 있다
넓다
넓다.

물처럼

낮은 보는 같이 넘어가고
작은 돌은 같이 살짝 넘어뜨리고
큰 바위는 같이 둥글게 깎아 길을 내면서
움직일 수 없는 대지는
돌고 돌아서
그렇게 그렇게
함께 가는 것이다.

제2부

시간의 강 속에서 머물 수 있는 것

통천문 通天門

천여 개의 계단을 오른 끝에
마주한 중국 천문산 통천문 通天門
텅 빈 문의 공간으로
찬바람과 구름만이 횡 하니 드나들 뿐
하늘을 여는 문의 빗장은 보이지 않았다
사람들은
그 빗장을 두고두고 찾으려는 듯
문을 카메라 조리개에 담아내기에 바빴다
나 역시도 그랬었다
오늘, 문득 옛 사진을 바라보다
문이 바로 천문산의 귀였으며
천문산은 그 귀속으로
바람과 구름, 소리와 소리들을 걸림 없이 받아들여
하늘과 통하고 있음을 알 수 있었다
사진 속에서 나무와 꽃과 새들이 생글생글 튀어나왔다
산은 그렇게 깊어지고 있었다.

차이를 발견하다

동 발칸 4국을 다녀오다
돌로 축조된
자그레브 성당, 드보르드니크, 블레드 성⋯⋯
그들은 웅장한 외형만 드러낼 뿐
자신의 속살은 결코 드러내지 않았다
다만 그들의 웅장한 외형을
카메라 조리개에 담을 만큼의
건축 양식과 고대 도시 등의
활자화된 단순한 이야기만 제공하고 있었다
그러나 나는 그들의 속살 여는 법을 알고 있었다
신혼 첫날 밤
문풍지처럼 떨리고 나서야 조우가 이루어지듯
가슴이 미치도록 떨려야 된다는 사실이었다
지중해 파도 바람이 가슴에 떨림을 그어 붙였다
더불어 수천 년 동안 숨겨 온 그들의 속살인
신神을 매개체로 한 왕과 귀족들의 누림이
뽀얗게 드러났다
그들은 다리와 가슴, 심지어 목숨까지 떨려
이 건축물의 갑옷을 입었고

나는 가슴이 떨려 오늘
이 고대 도시의 건축물을 마주하고 있었다.

하늘의 알몸을 보다

비행기가 정상궤도에 오르면
하늘은 드디어 옷을 벗는다.
그는 중첩된 무한 공간들과
빛의 산란으로 만들어진
파란 알몸을 여실히 드러낸다
내가 육지에서 보았던
태양, 달, 별 전설의 살들과
나를 칭칭 동여 맨 신성神性의 근육들은
분명 내 혼미함이 그에게 입힌 내 옷일 뿐이다
긴 여정으로 잠을 청했다
착륙 방송으로 비행기 커튼을 열었다
구름 사이로 극미極微의 옷을 입은
대지 사물들의 알몸이 눈에 들어왔다
그럼 저 사물들에 의지해 살고 있는
내 질량은 크기는?
순간 곧 흩어질
구름의 수분 알갱이들 창밖에 서리고 있었다.

용마병갱을 다녀오다

중국 진시황의 무덤 용마병갱을 가다
역사는 색깔이 중첩된 그림이다
언제나 자신의 속살을 감춘 채
읽는 이에게 슬며시 다가가
그의 빛깔과 길을 묻고
얼른 그 사람의 색으로 변모해
그 사람 안에서 꽈리를 튼다
그래서일까?
우리들의 카메라는
정벌의 들판에서 깨어나지 못하는
목 잘린 도자기들의 피 울음보다,
진시황의 은총의 옷을 입고
분묘에서 걸어 나온 입장권에
카메라 플래시를 터트리고 있었다
저 플래시 불빛들
혹시 목 잘린 영혼들이
긴 세월 삭힌 용서의 빛이 아닐까?

파묵켈레에서 보다

강의 절벽으로 이루어진 산에 세워
침범 불가한
고대도시 파묵켈레
아마 하늘에서 내리는 신의 은총이
세월의 강물에 넘실대기를
희망했고 또 영원하리라 믿었으리라
그래서 내 삶의 고통을 노예에 맡기고
검투사의 피를 즐기며 풍성함을 즐겼으리라
거대함이 폐허의 터널을 거쳐
시간의 한 점이 되어버린 오늘
기계 노예를 부리는 나는
내 저녁상을 어떻게 차려야 행복할까?
라는 물음의 반찬을 올려놓았다.

어쿤!

캄보디아 톤레샵 호수
흙탕물 위에서 쵸코파이를 가져가고는
답례로 물 위에 얹어놓는
어린이의 미소 한 송이,
우월과 연민의 실로 짠 뜰채를 넣어
그 미소의 꽃에서 오만 짙은 행복을 건져내다
풍요의 낚시에 걸려 퍼덕이고 있는 나를 발견한다
서울 강남지역 아파트의 희망 중력과
끌려오지 않는 증권시장의 갈증이
내 혈관에서 패혈증을 일으켜 왔다
떠나가는 뱃머리를 향해
어쿤! 어쿤! 감사합니다 라는 인사가 들려온다
손으로 톤레샵 호수의 흙탕물을 떠 마신다
혈관에서 패혈증이 가라앉는다
나도 그들에게 인사를 한다
어쿤! 어쿤!

하늘을 측량하다

- 유럽행 비행기에서

비행기를 타면
대지의 살점인 산과 강을 뚝뚝 떼어내
하늘에 퍼즐로 펼쳐 놓는다
아무리 퍼즐을 맞추어도
대지의 살점 조각은 턱없이 모자란다
순간 화장터에서 연기로 하늘이 되는
죽은 영혼의 질량을 떠 올린다
십일만에 붉은 환희를 마감하고 바람따라
꽃들의 영혼도 떠 올린다
모두 극미極微의 질량이다
저 극미의 질량이 생명이 되려면
얼마나 많은 시간이 걸려야 할까
또 얼마나 많은 질량이 합쳐져야 할까
측량 값은 경외敬畏의 마음이다.

조리개는 열리지 않았다

로마시대 박해를 피해 자리했던
터키 카파도키아, 동굴 교회
당시 예수의 설교가 쟁쟁히 들려왔다.
벽화 속 형상은
바람과 햇볕에 몸을 맡긴 채
조각조각 흙의 알몸으로 환생을 일으켰다
동굴 교회 옆에선 개망초가
바람과 햇볕에 몸을 맡긴 채
몸을 흔들며 하얀 꽃잎을 털어내고 있었다
그러나 내 카메라 조리개는 좀처럼 열리지 않았다
시간의 강 속에서는 머물 수 있는 것이 없고
그래야 변질되지 않는다는
오늘의 설교를 담아내지 못하고 있었다.

유충

– 미국행 비행기에서

비행기의 고도가 높아질수록
내 몸에서 푸른 공간들이 송진처럼 흘러나왔다
순식간에 짙푸른 무한 공간에 갇힌 채
수천 년 호박琥珀속에서 응고된
한 마리의 벌레가 되어 있었다
분명 지상에서도 마찬가지였다
그러나 너무 짙푸름과 투명함의 깊이가 깊어
극미인 자신을 발견하지 못했을 것이었다.
분명 꽃도, 새도, 돌멩이도 마찬가지였다
다만 호박琥珀속의 유충이 빛의 각도에 따라
형태가 바뀌어 보이는 듯
나무, 꽃, 새, 바위……
그리고 나는 거대한 공간 속에서
계절의 주사선에 따라 새롭게 나투는
유충이었다.

이강유람離江遊覽

중국 계림桂林을 가다
이강과 상공산相公山이 섹스를 하고 있다
상공산相公山이 자신의 유선乳腺인 푸른 혈액을
이강離江의 몸에 쏟아넣으면
강은 밤새 산으로부터 받은 푸른 혈액을
안개로 만들어 산의 계곡 깊숙이 삽입하고 있었다
사랑,
이렇게 서로의 가슴을
쏘옥 쏘옥 주고받으며
서로를 확인시키는 여정인가보다.

인연, 그 깊이

– 중국의 황룡동굴을 가다

중국의 황룡 동굴이
인연을 설하고 있다
종유석鍾乳石과
석순石筍이
일천 년에 5cm 씩
수백억 년을 달려와
석주石柱로
하나가 되었고

부부 역시
모태에 들어오기 전부터
수백억 년 동안
바람, 이슬, 비의 인연으로 달려와
하나가 되었다.

도문강에서

암 환자의 머리를 옮겨놓은 듯한 북녘 산
중턱에 빛바랜 '위대한 지도자 김정일 수령 만세'가
낙관처럼 찍혀있다
강변의 달맞이꽃은 이에 무관심했다
또한 태극기에 게거품처럼 쏟아지는
꽃제비, 6.25 전쟁, 핵, 사상……
역시 무심하게 강물에 흘려보내고 있었다
어느덧 산 정상에 해가 걸렸고
우리의 하루가 또 그렇게 넘어가고 있었다
칠십 년이 그렇게 넘어갔듯.

제3부

소소함으로 그려내는 행복 수채화

장작을 패다

화목 보일러용 장작을 팬다
도끼날이 소나무 몸에 박히자
그녀의 수심樹心에서 아주 작은 삭정이 한 개가
쑤욱 뽑혀 나온다
옹이의 색과 부식 상태로 볼 때,
그녀는 삭정이를 제 살로 삭히지 못했고
평생을 심장에 대못으로 박아 놓은 듯하다
아니 그녀가 삭히길 바라는 생각은
내 오만이다
어쩌면 그녀가 흘리는 푸른 웃음조차도
작은 삭정이가 주는 고통을 잊고자 하는
몸부림이었는지도 모를 일이기 때문이다
보일러 속으로 그 장작을 집어넣는다
순간 내가 누군가에게 던졌을 삭정이들이
내 안의 대못으로 되돌려지고
내 심장에서 통증이 실핏줄로 토출된다
미안하다 정말 미안하다.

소나무, 그 침묵

대패로 소나무 판재의 표면을 다듬는다
소나무, 그의 몸이 곱게 드러나자
그가 평생 동심원 나이테 안에
써 온 자서전이 드러난다
그는 눈보라의 회초리와
폭풍우에 팔을 내어 주었던 고통을
흰색과 갈색 곡선의 원만함으로
재생시켜 놓고 있었다
그의 표정은 서산 마애석불보다
더 온화하고 평온했다
송화松花의 향기 때문인가 라는
무심코 던진 내 질문에
그는 침묵을 전할 뿐이었다.

내시경 검사를 하다

빈번한 방귀와 트림, 잦은 복통으로
대장 내시경을 받는다
현미경이 들어가
내 안의 또 다른 내 생명인
용종들에 메스를 가한다
용종들이 투-욱 직장直腸으로 떨어지며
편안하게 죽음을 맞는다
"노쇠로 인한 대장 무기력증과
만성 과민성 대장 증후군입니다."
의사의 처방이 내려진다
곧 이어 티브이에서 '편안하십니까?'
어눌한 말투의 약 광고가 흘러나온다
전화번호를 누르려는 순간
내가 스스로 편안히 살아가고 있나
내가 스스로 편안히 죽어가고 있었나
물음이 심장을 찌른다
전화기를 내려놓는다.

아주 간단한 처방

내 심장에 청진기를 대면
사르륵사르륵 모래 쏟아지는 소리가 들린다
심장에 빼곡 들어찬 아파트의 시멘트 가루가
동맥을 통해 온몸으로 토출되는 소리인가 보다
자본의 토양에 삶의 뿌리를 내리고 있기에
매우 당연한 일이다
그러나 어제 나는 지독한 고열과
우후죽순 돋은 혀의 백태로 병원을 찾았다
"조석으로 베토벤의 전원 교향곡을 틀고
새, 물, 바람, 꽃, 별……
느낌의 여백을 음표에 올려놓으십시오
삶의 모래시계에서는 재생이 불가한
당신의 시간 가루가 쏟아지고 있습니다"

음식물 쓰레기통에 강이 담기다

오늘도
음식물 쓰레기통 뚜껑 사이로
장송곡에 이어
강물 여울에 비치는
아침 햇살과 콸콸 강물 소리가 새어 나왔다
장송곡이야
허리 부러진 상추와 머리 터진 토마토
등창으로 버려진 쉰 김치가 내는 소리일 것이다
그러나 나는 아침 햇살과 강물 소리의 근원을 알 수
없었다
아내는 음식에 대한 예의로
항상 이들을 항상 깨끗한 목욕과 더불어
탈수기로 보송보송하게 해서 보내기 때문이었다
혹시 어떤 혼령이 쓰레기통 안에 숨은 걸까
가시 바늘 같은 소름으로 뚜껑을 여는 순간
날아오르는 작은 날 파리들
생은 이렇게 순환되고 있었다.

뷔페에서

수백 종류의 주검이 나란이 누워있다
흔적으로 보아 이들은 모두 타살되었다
(목이 잘린 상추, 다리 잘린 느타리버섯
감전과 망치로 살해된 소와 돼지 등…….)
사람들은 이 영가靈駕들에게
어떠한 조의도 표하지 않는다
대신 자신들이 지배한 이들의 삶과 죽음을 조롱하듯
공처럼 부푼 자신의 배를 툭툭 두드리며 장단을 맞추고
있었다
또한 남겨진 이들의 시체를 쓰레기통 속으로 쓰윽 마감
시키고 있었다
이들의 삶과 주검은 이렇게 소비되고 있었다
그래서 이들은 때로는 독으로 몸을 바꿔
달려들기도 했나보다.

논문은 더 이상 진행되지 못했다

마음과 마음을 잇지 못해
텅 빈 공간에 갇혀 사는 아스퍼거 환자들
아내는 지금 이 학술 논문을 쓰고 있다
아내가 환자 갈등의 가지에 주렁주렁
걸어놓은 마음 감동의 링거병에서는
영화 음악 미술 스토리텔링 수액이
똑똑 환자의 정맥으로 스며든다
그러나 이들 주사기를 빼면
다시 일렁일 현실 갈등의 파랑들
여기에서 아내의 펜이 멈춰진다
아내는 티브이를 튼다
산속의 길 없는 길을 걸으며
그릇 몇 개만 소유한 삶을 사는
라오스 소부족의 이야기가 펼쳐지고 있다
산을 내려가면 물건이 많지만
돈이 많이 있어야 하기에 어지럽다는
현주민의 이야기가
아내의 펜에 흠뻑 묻혀진다
아내는 더 이상 논문을 진행시키지 못한다.

펜벤다졸

폐암으로 개 구충제 펜벤다졸을 복용한다
내 혈관을 흐르는 것은 약의 성분이라기보다
꺼져가는 재에서 불씨를 되살리려는 희망이다
복용을 하자 꾸르륵꾸르륵 전쟁이 일어난다
그것은 암세포를 칼 방사선 항암제로
궤멸시키는 것이 치료의 전부라는 오만의 벽과
그렇게 생의 고삐를 잡아 경제적 이익을 편취하다
끝내 죽음으로 인도한다는 편견이 전쟁하는 소리이다
순간 나는 내 몸속에 무수히 자리한
작은 우주인 세포 속에서 꿈틀꿈틀 되살아나는
고통의 입자를 만진다
그것은 내 몸속의 작은 우주 세포를
지혜의 바람으로 환기시키지 못해서 생긴 입자이다
하긴 삶이란 소우주인 세포의 방문이
끝없이 열리고 닫히는 순환의 과정이기에
암의 소우주가 내 안에서 자신의 방을 번식시키는 것도
당연한 일일지도 모를 일이다.

화랑을 가다

화랑에 들어서면 항상
눈동자에 내장된 나이프로 칠을 떼어낸 후
생각의 지우개로 스케치마저 마구 지워 나간다
색깔과 스케치 속에 웅크려 있던
감성의 더께가 뚝뚝 떨어져 나가고
그림은 마침내 맑은 수정과에 뜬 잣 알갱이같은
한 오라기의 영혼을 드러낸다
나 역시도 세월의 고집과
지식의 덧칠을 걷어내고 알몸이 된다
그제야 화가는 자신이 펼친 영혼의 길 위에 나를 초대하고
꼭 꼭 숨겨놓은
내가 있으면서 내가 어디 있는지
내가 길을 만들면서 무슨 길을 만들어 가는지
그림이 대답을 하게 한다
이제 지워진 스케치와 떨어졌던 칠이 다시 화폭에 옮겨진다.

썰물에 합류를 하다

유년은 잘 삭혀진 한 조각의 그리움이다
그 그리움
한 입 깨물면
입안에 확 퍼질 것 같은 달콤한 행복의 즙
그 기대에 동창회를 간다
유년의 추억이 술잔 속에서 잠깐 풀어지다
어느새 아파트와 지가상승 차익 등
농익은 재테크란 독주毒酒가
술잔을 점령한다
슬금슬금 빈자리가 썰물로 들어앉는다
나 역시 이 썰물에 합류를 한다
돌아오는 길
죽는 순간
내 삶에서 어떤 조각이
내 최고의 행복한 향기로 마침표를 찍을까?
화두가 똬리를 튼다.

시간을 추월하다

자동차 공업사 한 구석
철심이 숭숭 드러난 채
온 살갗이 찢겨진 폐 타이어들이 졸고 있다
자세히 보니
삶의 궤적에서 얻어지는
갈대들의 속살거림과
잔가지를 투욱 놓고
노을을 걷는 나뭇잎들의
침묵 언어가 담겨있지 않았다
대신에 시간마저 추월하려고 했던
과속 욕구가 흥건히 묻어 있었다
폐기물 트럭에 이들이 실린 순간
고인 빗물이 주르르 쏟아졌다
회한의 눈물이었을 것이다.

착각

밤새 눈이 수북하게 내려
세상이 초기화되었다
경쟁을 부추기던 속도가 기어다녔다
높낮이를 견주던
울퉁불퉁하고 뾰족한 사물들이
둥글게 원만함으로 누워 있었다
검은 대지는 하얗게 표백되었다
환상의 천국이었다
정오가 되자 다시 몸을 드러내는
검은 대지
높낮이
속도……
이들은 분명 긴 시간 동안 의자를
차지하고 있었다

그럼 나는
잠시의 환상을
천국이라고 착각한 걸까?

바람 잎

십일월 말의 흐린 저녁이었다
절정의 나뭇잎들이 떠난 잔가지에는
바람이 몸을 매단 채 펄럭이고 있었다
사람들은 이 펄럭임을 유심히 보지 않았다
대신 나뭇잎들에서 부의賻儀를 읽어내고는
쓸쓸함과 덧없음을
가슴속에 주렁주렁 걸어 놓았다
나 역시도 그랬다
오늘 운전면허증에서 옛 사진에서
내가 아닌 나를 발견했다
그것은 내 몸의 잔가지를 잡고 있는
바람 이파리였다.

동행

새벽이었다
유리창 문을 통해 들어 온
네온사인 십자가 불빛이 옆에 앉아,
참회와 용서의 기도를 올리면
내 죄와 세상의 죄가 엷어진다고
마음을 유혹한다
마음이 솔깃 다가서자
유혹은 금세 가슴에 박힌 옹이
한 개를 쑤욱 뽑아낸다
날이 밝자, 얼른 가슴을 만져본다
뽑힌 그 자리에서 다시 자란 옹이가
그대로 만져진다
원죄처럼 깊다.

어떤 화가의 불행

어떤 가슴 화가는
언어의 척추는 바람이라고 한다
언어로 깊은 가슴을 수없이 그렸는데
가슴 그림은 바람처럼 휘어지고 흩어져
그대 가슴에 영원히 걸리는
액자로 만들 수 없었다고 한다
그래서 눈물로 깊은 가슴을 그려
액자로 만들었는데
눈물 안료가 너무 투명해
카메라 렌즈에는 액자만 담긴다고 한다.

어느 봄날에

어머니의 유골을 안고 있다
유골함 속에는 어머니의 분신이 들어있다기보다
산자들이 놓지 못하는 인연 부스러기와
자신들 소멸에 대한 스스로의 위로가
소복이 담겨있을 뿐이다
봄바람이 불어왔다
순간 영묘전靈廟殿 앞
진달래 가지들이 몹시 흔들렸다
꽃눈을 틔워 새로운 생을 산통産痛으로 보였다
혹시 먼저 간 영혼들이
바람, 비, 꽃, 새가 되는
순환의 길을 달려오고 있는 걸까
라는 부질없는 생각을 하다가
우주라는 큰 유골함 단지에서 쏟아지는
내 시간의 가루를 만져 보았다
그 가루 안에는 내가 채워야 하는
거대한 공간들이 웅크리고 있었다.

물의 껍질을 깨물다

안성 금광金光 저수지
카페에 앉아 커피를 마시다가
저수지 잔물결의 껍질을 깨물었다
물의 겉껍질이 와삭 부서지며
부드러운 물결의 속살이 드러난다
물결은 흔들림이 아니었다
졸졸 좔좔
틈은 기어가고
높으면 넘어가며
걸리면 돌아가면서 얻어진
대양大洋으로 향하는 그녀들의 본성이었다
그녀들 삶 마당에서 함께하는 춤과 노래의 향연이었다
정작 흔들리는 것은 생각의 저수지에 갇힌
내 영혼이었다.

담쟁이, 그리고 단상

손톱 밑에 맺힌 붉은 고통을 감내하고
직립하는 벽에 찰싹 들러붙어
아등바등 살아가는
저 담쟁이들
그러나 그게 어찌 고통일까?
쉽게 떨어지지 않는 것을
내 힘으로 아등바등 떼어내
손에 쥐는 만족이.

항아리

밟고
두드려
차진 흙 알갱이들
불구덩이를 건너
마침내 공간을 안았다
이제
서로 다른 이름으로
다른 모양을 품다가
말없이
흙으로 회귀하는
항아리 들

끝으로
그대에게 묻는다
금가는 순간까지
무엇을 품어
어떤 맛 우려낼까?

서각을 하다

은행나무에 서각을 한다
수백 년 동안 감춰 온 흰 속살을
스스럼없이 쫙 벌려 드러내는 그녀
그 흰 속살에 가슴을 밀착하면
그간 그녀의 몸을 핥고 지난
세월의 강물이 쿨럭쿨럭 기침을 한다
칼은 그녀의 기침을 외면 한 채
더 이상 발기되지 않는 추사秋史의 세한도와
시시콜콜한 사랑 타령을 새겨 나간다
그녀는 끝내 몸을 옹이로 움츠려 칼끝을 부러뜨린다
나는 칼끝 부러짐을 전혀 이해하지 못한다.

길의 중량을 재다

인현동 인쇄소 골목에는
수천 가지의 몸으로 세상에 나투는
천수천안 보살이 책으로 환생하고 있다
수많은 도시와
수많은 가슴에 길을 내고
그 길로써 아침을 여는 저 천수천안 보살들
용달에 실으면서 세상의 실핏줄인
그 길의 중량을 달고 싶어졌다
질량에 비례한 중량은 아주 무거웠다
순간 삭삭 종이를 자르는 절단기 소리가 들려왔다
한 번도 길을 내지 못한 파본들이
생을 마감하는 것이었다
길의 중량이란 어쩌면
새가 공중에 남기는 발자국 같은 것이지 않을까

나무는 가을에 억새처럼 몸을 흔든다

가을은
나무 그녀가 이별을 연습하는 계절이다
그녀는 가지에 붙은
분신들을 최고의 절정으로 만들어 털어냈어도
수심愁心을 절대로
인연의 미련과 이별의 슬픔에 절구지 않는다
흰 억새처럼 아주 조금씩 몸을 흔들며 흐느낄 뿐이다
그리고 겨울이 다가오면
그녀의 심장에 고약처럼 엉겨붙은 눈물을
슬며시 고드름으로 내 놓다가
아무 일도 없는 듯 툭 떨어뜨린다
그리고 다시 봄을 맞는다.

교통 신호등

비록 초록 등이라도
너무 빨리 달리지 마십시오
과속을 쫓는 카메라의 눈초리보다
더 섬득한 것은 창밖을
제대로 담지 못하는 안타까움입니다

황색 등으로 바뀌면
심장으로 연결된 배터리를 재충전하고
삶의 엔진에 기름을 치십시오
당신의 목적지는 아직도 멀리 있습니다

모서리를 돌면 적색등이 보입니다.
여로에서 외상거래를 꼼꼼히 살펴보시고
라디오를 끈 후 당신만의 노래를 부르십시오

휴게소에 들르면
아들에게 넌지시 알려 주십시오
무리한 과속 경쟁은 엔진 고장을 가져온다고.

책 가판대를 지나며

을지로 지하철 역에 들어서면
수북이 쌓아놓은 채
단지 천 원에 거래되는 시집 가판대를 지난다
파도의 칼끝으로
수천 년 파도의 고뇌를 잠언으로 새겨 넣었을
채석강의 퇴적암처럼
시인 역시 성성한 별빛의 칼을 빌려
평생의 고뇌를 잠언으로 새겨 넣었으리라
그러나 그 중량은 단지 천 원 한 장이었다
하긴 수백 년간 운명의 이정표였던
토정비결과 사주도
세익스피어의 걸작들도 같은 값이었다.

눈이 내리는 이유

형체 없는 바람으로
수억의 광년
무한 공간을 떠돌다
이제야 겨우
대지의 푸른 생명 그릇에 담기는
저 눈송이들
저 차가운 가슴에는
그간
생명이 흐르는 푸른 몸이 되고자 했던
염원과 기도가 너무 무거워
이렇게 퍼붓는 것이다
가로등이 그들의 길을 환히 비추고 있다.

이유

오늘 밤도

내 입속에 그녀의 꽃잎이

그녀의 입속에 내 꽃대가 담기고

화산火山이 분출하는 것은

동반同伴의 강에

듣고 또 듣는 교감交感이

여울지기 때문이다.

바위와 겨울나무

바람이 불 때마다
내 모서리를 스쳐 가는
네 잔가지 끝에
네 마음이 있는 줄 몰랐어
누런 진물도 무릅쓰고

허연 서리꽃 뒤집어쓰고도
내 차가운 심장에
체온을 이전하는
네 실뿌리에 더 더욱 놀랐지

난 우두커니만 서 있는데.

그리움

별빛에 어설픈 눈물을 바르며
그립다고 말하면 감성의 부유물에 중독된 것이다
생과 緣의 고리가 해체되어
끊어진 마디에서 피가 솟구치고
탈골된 관절이
네 시간의 국물에 건더기로 떠오를 때,
그래서 죽음의 칼로 네 심장을 찔러
혈압이 완전히 소진되었을 때
생각나는 사람
그대에게 그립다고 말하라
미치도록 그대의 품이 그립다고 통곡하라.

제4부

돋보기로 읽은 세상의 행간

먹이에 대한 예의 1

티브이로 동물의 왕국을 본다
얼룩말을 쫓으며 내뱉는
사자의 숨소리가 사막의 태양보다 더 뜨겁다
끝내 얼룩말은 포획되고,
만찬 끝에 얼룩말의 뼈와 뼈가 드러난다
뼈 사이의 남은 살들은 아랫 동물의 식사로 남겨진다
잔인함이라기보다 성스러운 먹이의 한 장면이다
이제 사자의 무리는 오수에 들고
그날 더 이상의 먹이 사냥은 벌어지지 않는다
그래서 사막은 평온하다
나는 오늘 밀림의 왕, 사자에게서 예의를 배운다
결코 먹이를 재워놓지 않기에 사막의 평온을 유지하는.

먹이에 대한 예의 2

밥의 성분을 물과 쌀이라고
나는 답을 하지 않았다
곤충이 곤충의 살을 먹고
식물이 식물의 살을 먹고
동물이 동물의 살을 먹는
자연의 순환을 체득하면서
밥의 성분은 인간의 살이라고
분명히 말해야 했기 때문이었다
그러나 이를 고집하면 세상이 너무 어둡기에
다시 밥의 성분은 인간 살의 진액인
땀이라고 순화시켜 풀어내야 했다
그래서 인간의 삶은 땀의 나눔이자
타인의 땀을 더 많이 얻는 연속된 전쟁인가보다
심지어 살의 진액인 땀을 너무 흘려
생을 마감하는 사람도 흔히 볼 수 있다.

지옥역을 읽다

- 코로나 19

놈이 도시의 동맥에

콸콸 죽음을 쏟아 부었다

사람들의 미소가 마스크 안에서 압살되었고

어울림으로 익어가던 사람 향기가

차단의 벽 속에서 질식하고 있다

폭포수처럼 추락한 경제는

인쇄기가 출산하는 빚으로 할딱할딱 숨쉬고 있을 뿐
이었다

사람들은 이것을 놈이 축조한 지옥역이라고 수군거
렸다

그러나 나는 놈이 사람들의 심장에 축조하는 진짜 지옥
역을 읽고 있었다

그것은 코, 목, 허리에 비닐 호스를 꽂은 채

똑똑 떨어지는 수액을 하염없이 바라보며

고독의 바다에서 익사하는 것이었다

산자들과 인사도 생략한 채

곧 바로 화장터에서 영면에 드는 것이었다.

With you! For both!

한 때, 당신의 가슴 한 모서리가 뻥 뚫려
겨울바람만 채우고 있지 않았는지요
그 모서리로 그대가 마개로 들어앉아
바람을 막았고
뜨겁게 달궈진 서로의 열기가
창문이 흔들었지요
그 열기를
축축히 젖은 성지에 키스로 가라앉히며
희망과 행복을 충진하지 않았는지요
Me too! For you! Fuck you!
화르르 영원의 길에 접어든 벚 꽃잎들이 보이는지요
그 길 위에 하얗게 쏟아지는
사랑은 영원하지 않으며
사랑의 종말은 아름다운 이별이라는
묵시록이 보이지 않는지요
With you! For both!

뻐꾸기가 앞산을 옮기다

폭풍우에 솔가지가 찢어졌다
그녀는 오래토록 시간이 약이라는
게으른 희망을 믿었나보다
고름의 뿌리가 심장에 대못으로
박히고 나서야
고농도의 송진 처방으로 겨우 살이 돋았다
송진으로 돋은 새살 부위는
옹이가 되어 평생 안고 살아야 한다는 그 말
차마 하지 못했다
사랑이란 서로의 교감으로 샘이 풍성해지고
교감이 없는 사랑은
몸 안에 가시가 돋는다는 믿음의 돌기가
벌떡 일어섰기 때문이었다
뻐꾹 뻐꾹
아침부터 자신의 영혼을 메아리로 만들어
앞산을 옮기고 있는
그녀의 영리한 지혜가 아쉬운 여름이다.

낚시터에서

기업 회장들이 낚시터에서 대화를 한다

우럭은 아가미가 찢어질 정도로
줄을 팽팽하게 당기는 겁니다
또 절대로 줄을 풀어주지도 말아야지요
미끼에만 연명하기에
낚시를 뺄지 못하는 미련한 족속이거든요
그래서 등이 휘어져도 페놀의 바다를 떠날 수 없지요
풀어주면
팅팅 살이 붙어 절대로 끌려오지 않습니다
그리고 손맛이 아주 미미할 때
줄을 쥐꼬리만큼 풀어주어도 감지덕지 하지요
마른 걸레를 짜 내면 짜 낼수록 물이
주르르 쏟아지는 원리를 깨달아야 합니다

감시꾼에게는 현금 뭉치를 흔드는 겁니다
그럼 지금보다 월등한 자리를 넓게 깔아주거든요
이렇게 자자손손 가는 겁니다.

신발

신은 신다가
지저분하면 세탁해서 신고
해지면 쓰레기통에 버리는
생활 도구일 뿐입니다
신을 손에 들고 또 이고 다닌다면
발바닥에 가시가 박히고 더 심하면
파상풍에 발을 잘라내야 할지도 모릅니다
신을 통한 발의 구원과
발을 영원히 아름답게 보전한다는
상인들의 감언에 중독되면
우리의 삶을 환상에 저당잡히는 것이 아니겠는지요
생겨나서 머물다 병들고 늙어
우주의 먼지로 환원되는 것
영원히 거역할 수 없는 사실이 아닌지요
신은 그냥 생활 도구라고 여길 때
발이 편해지고 안락해지는 것이겠지요
신천지는 사후 세계가 아닌
우리가 신을 신은 채 밟고 다니는
바로 이 땅이겠지요.

잡초

예초기로 잡초의 몸뚱이를 싹둑 자른다
풀 모가지들이 사방에 흩어진다
척박한 삶의 그늘에서
들꽃이란 이름을 빌려
향기를 피우고
나물이란 이름을 빌려 밥상에 앉은
붙임성 있는 삶의 방식도
단지 내 편이 아니라는 이유만으로
그렇게 잘려 나가는 것이다
잡초가 아닌 것이 어디 있으며
잡초의 삶을 벗어난 것이 얼마나 있을까
그들을 베어내는 나는 아무것도 모르고 있었다

(잡초 제거가 끝나고 티브이를 튼다
미국의 흑인 폭동과 강제진압 뉴스가 들려온다)

자본의 문

아직도 그 문은

간절함으로 노크를 하면

할수록 닫힌다

심지어

소리를 문지방 사이에 가둔 채

뇌관을 당겨 고사목을 만들기도 한다

문은 영원히 닫힘으로 생존하고 있다.

도급

생존권
일렁이는 노동호수

물결의 작은 흔들림조차
꽁꽁 얼리고 싶은
사용자들
생산 라인을
도급으로
자해를 해 나갔다

가는 철사가 된
노동 호수의
몸부림은 끝내 동상에 걸리고

동상으로 언 입술에는
우리 물건 사 주오라는 한마디
침전되어 있었다.

저당 잡힌 행복

 - AI 시대의 광고

도래할 새 세상의 광고다

지식의 칩 알약 복용으로 청소년의 학습을 대신하다

아내는 로봇에 집안일을 모두 내어 주고

쇼파에 앉아 음악에 커피의 여유를 즐기다

직장에서는 육체노동과 업무는 로봇과 컴퓨터가 대신
하고 출근일보다 휴일이 더 많아지다

로봇이 건강을 관리와 질병의 치료로 대신하고 생명이
연장되다

로봇이 인간의 일을 대신하는 세상

우린 정말 행복충만일까?

(뉴스:
- 로봇 도입으로 정규직 일자리 매몰되고 아르바이트까지 사라짐.
- 현재의 컴퓨터 시스템으로도 작업처리 능력 충분.
- 업계의 최우선 생존 전략: 로봇개발과 컴퓨터 유틸리티 지속적인
  업그레이드)

컨베이어는 정지되지 않았다

사람의 목을 뚝 자른 발전소의
석탄 운반용 컨베이어는 스스로 멈추지 않았다
또한 사람들은 정지 스위치를 얼른 누르지도 않았다
그들은 이 기계가 검은 석탄을 운반하는 것이 아니라
세상 사람들에게 빛과 행복을 운반한다고 믿고 있었다
얼마 후 컨베이어는 정지되었고
검은 석탄이 목덜미를 잡힌 채 질질 끌려 내려왔다
분명 그러고도 컨베이어는 정지되지 않았다
한 번 사라지면 영원히 재생되지 않는 생명의 가치와
눈물과 눈물 속에서 싸륵싸륵 돋는 사람의
푸른 향기보다
아웃소싱의 수익경영, 지역경제의 하락, 정규직 전환 등
경제에 감전된 사람들의 질척한 아우성을
윙윙거리며 퍼 나르고 있었다
여태껏 컨베이어는
사람들의 이익과 수익 그 대차대조표만
운반하고 있었을지 모를 일이었다.

해미 읍성을 거닐면서

- 진짜 벽

성곽은 벽이 아니다

그것은 살아있는 생명이다

돌에 귀를 기울이면 성곽의 모세 혈관으로

콸콸 역사의 혈액이 흐르는 소리가 들린다

그렇기에 폭풍이 몰아칠 때면

제비꽃과 민들레를 성곽 밑으로 끌어당겨

향기와 씨방을 보호한다

분명 그때도 그랬다

녹두밭에서 뚝뚝 떨어지는 동백꽃들의

선혈 향기를 별빛으로 만들어

오늘까지도 우리 머리 위에서 비추고 있다

진짜 벽이란

푸른 영혼 없는 깃발을 흔들다

고사枯死되는 줄도 모르고

그 깃발에서 고사枯死되는 것이다.

쉿!

쉿!
노동자의 추락사는
분명히 당신의 책임입니다
이 하청 계약서에
안전에 대한 제반 사항과 보상보험 의무 가입까지
당신의 사인이 있지 않습니까
우리의 서류는 완벽합니다

쉿!
제 책임도 아닙니다
저 역시도 안전의 제반 사항에 대해
추락노동자의 사인을
완벽히 받아놓았습니다
저희의 서류도 완벽합니다

쉿!
우리는 당시에 뭐했지요
안전업무는 서류로 완벽히 끝낸후에
같이 휴게실에서 커피 마셨지요

안전업무는 서류로만 하는 업무니까요
산재 보험은 확실히 처리하겠습니다

(신문뉴스
- 허리 벨트도 매지 않고 고소 작업중 추락사
- A 기업 매년 1명 이상의 추락사)

춘화도 春花圖

어느 봄날
술 냄새와 대마 연기가 자욱한
바위 뒤에서 도포 자락이 펄럭인다

쫙 벌어진 진달래 아래 꽃잎이
사내들의 혀끝에 감쳐지고

눈을 꼭 감은 진달래 위 꽃술에는
남자의 기둥이 담긴다

봄바람이 철퍽철퍽 나뭇가지를 흔든다
어느덧 함께 쌓는 체위탑 너머로 해가 기운다

이제 이들의 도포 자락에는 공자가 기어든다

공자 왈, 남은 음식은 저기 개 돼지에게
지극한 마음 씀에 하인들이 눈물을 쏟아낸다.

Delate Key를 누르다

그리움 기다림
산산조각 찢어지는 사랑의 고통들
이것은 예술이 덕지덕지 칠하는
사랑의 물감일 뿐이라는 믿음
여자의 영혼을 여는 열쇠로
별로 빚어내는 동심과
예술의 선율에서 일렁이는 마음의 파랑波浪과
시시콜콜한 희망의 속삭임보다
이것들을 도금시킨 황금 열쇠라는 믿음
이 열쇠를 끼우고 돌리면
곧 직립과 직립으로
화산이 분출한다는 믿음
사랑에 대한 엄청난 오류

얼른 Delate Key를 눌렀다.

저수지에서 물의 기도를 보다

– 금광 저수지에서

저 물결들,
흔들림이 아닌 사랑의 서막이다
달맞이꽃, 톱풀, 털중나리
그녀들의
뿌리에 입을 맞추는 최대의 존중이자
섶에 다가서는 떨리는 가슴이다
마침내 발기하여 그녀들의 수관水管에
직립直立하는 사랑의 행위이다
그대 저 물결이 흔들림으로 보이는가
미세하게라도 흔들린다면
그대 사랑의 저수지에 거울을 비춰 보시게
헐거운 영혼의 나사들을 다시 한번 조여보시게나.

(신문 뉴스 제목
- 서울시 아파트에 매몰된 한국인의 행복지수
- 정으로 산다는 중년의 부부 관夫婦觀과 증가하는 한국인의 황혼 이혼
- 물질 바이러스에 감염된 자아 상실과 현대인의 심리치료)

독자와의 대화

이영우

독자와의 대화

이영우

누군가 시를 쓰는 것은 내 안에 절을 짓는 일이라고 했다. 자신 안의 절에서 끊임없이 자신을 성찰하고 담금질하는 일이라고 했다.

그런 의미에서 소개된 글은 성숙함으로 가고자 하는 기도라고 보아주신다면 매우 감사할 따름이다.

제1부의 시는 불교를 바탕으로 한 명상과, 자연의 내면에 밀착하는 선禪에 바탕을 두고 있다.

> 만공 스님이 길을 묻고 있다
> 나도 없고 너도 없는 데 '보려고 하는 자가 누구냐?'
> 사람들은 이 조형물을
> 카메라에 담아 추억으로만 남기고 있었다
> 만공 스님이 연신 헛기침을 토해냈다.
>
> <어떤 물음>

우리는 삶에서 무엇을 보려고 할까?

우리의 성공을 어떻게 보고 있으며, 사랑 또한 어떻게 보고 있는가? 또한 진정 가장 중요한 행복을 어떻게 보고 있는가? 물음을 가지고 싶다. 그리고 죽음을 어떻게 보아야 할까? 영원한 화두이다. 궁극적으로 내 삶, 우리들의 삶에 대한 물음이다.

끼워 맞춰 하나로 만든
서산 개심사 기둥들
그래서 모두가 필요한
그렇게 넉넉해짐을
설하는.
<참 설법>

풀, 나무, 돌……
모두가 제자리에서 소듬소듬 빛나는 별 송이들
여벌로 자리하는 것이 어디 있으며
옮기고 지워야 하는 이유가 그 어디에 있을까
<매산사에서>

세상은 온갖 꽃으로 장식된 꽃밭이다. 불교의 화엄華
嚴사상이다. 여기에서 꽃은 식물뿐만 아니라, 모든 사물을
포함한다고 말할 수 있을 것이다.

이 꽃들이 어우러진 세상은 차이와 두드러짐이 다름의
어울림 세상이라고 말 할 수 있다.

그러나 우리는 때로 다름보다 성별, 학력, 직업, 신분 등
차이에 주관을 두고 있는 듯하다. 그 결과 우월의 착각과
열등의 자아 상실에 이르기도 한다.

서산 마애석불의 천년 미소
그의 창문을 열 수 있을까?
− 중략 −

돌 틈에 걸터앉은 햇살 한 줌,
전나무 겨드랑이에서 쏟아지는 짙푸른 바람,
봄의 기지개를 켜는 갈잎 바스락거림 ……
창문 자물쇠 틈에서 떨어져
물 속으로 흘러가고 있었다

<천년의 미소>

서산 용현계곡에 마애석불은 백제의 천년미소로 잘 알려져 있다. 햇빛이 비추는 방향에 따라 미소의 형태도 달라진다. 또한 그 미소속에 담긴 온화함도 달라지게 보인다.

미소의 문은 햇살 한 줌, 전나무 흔들림, 갈잎의 바스락거림 …… 사소함으로 보았다.

그럼 행복의 문을 어떻게 열 있을까? 우리는 행복의 주소를 어디에 두고 있는가 진지하게 반문해야 할 것이다.

돌아가는 길목이 저토록 환희일까?
예년에 떨어진 이파리들이
한 겨울철 복수 꽃의 노란 심장을 달았듯이
떨어진다는 것은
어쩌면 부화하는 달걀노른자처럼
새로운 심장에 실핏줄을 품는 것이다

<단풍 1>

투-욱,
생의 절정을 가볍게 내려놓는
저 담담함, 어디에서 왔을까?
그 적멸 속에 무아無我의 파도가 철석거리지 않을까?

<단풍 2>

종교는 절대자, 구속력, 구원론의 삼위일체로 형성되어 있다.

기독교의 경우의 예를 들면 절대자인 나를 믿고 따르면 나는 죄인인 너를 천당(영생)으로 인도하겠다. 로 해석할 수 있다.

불교의 경우는 고해인 세상에서 자신이 부처임을 깨우치면 고통을 벗어날 수 있다. 라고 말하고 있다.

죽음도 이에 대입할 수 있다. 다만 근기에 따라 대입하는 방법이 달라지는 것은 분명하다.

죽음의 공포를 극복하는 방법으로. 절대자의 구원에 의존하는 방법과, 죽음을 자연 법칙으로 받아들이며 초월하는 것으로 말할 수 있을 것이다.

시에서 복수 꽃의 노란 심장과, 투욱 내려놓는 적멸 속에 무아의 파도가 철썩이고 있다. 라고 언급했다.

즉 자연의 법칙을 통해 십이연기의 인연법을 통한 적멸空의 세계를 언급하고 있다. 끝없이 지속되는 생노병사生老病死, 성주괴공成住壞空 그 인연의 고리 속에 죽음이 한 요소로 되어 있는 것이다.

다시 죽음은 허무를 넘어, 현재 삶에서 긍정에너지로 받아들이는 것, 우리의 영혼을 윤택하게 할 것이다.

다시 푸름으로 탑승하는 기차표는
쉽게 예약되지 않습니다
저토록 온몸과 마음을 붉고 노란 절정을

만끽하는 것
그녀들이 세상에 내리는
사랑의 잠언이지 않나 싶습니다.

<단풍 3>

슬픔과 두려움의 절규가 아닌
마지막 순간까지 삶의 아름다움을
표현하는 노래이자 춤임을 알 수 있었다
그래서 잎들은 빨, 노랗고 더욱 고왔다.

<단풍이 아름다운 이유>

죽음의 긍정론을 언급했다. 떠나간 세월의 기차표는 예약할 수 없다. 그래서 탑승하고 있는 현시점에서 사랑과 행복의 절정을 위해 저 단풍처럼 미치도록 춤을 추어야 할 것이다.

그것이 내가 내 인생에게 내가 술 한 잔을 사주는 것이라는 생각을 해보았다.

2부의 시는 여행에서 얻어지는 느낌을 옮겨 놓았다. 불교의 십이연기론을 토대로 한 인연과 사랑을 이야기하고 싶었다.

수천 년 동안
신神을 매개체로 한 왕과 귀족들의 누림이
뽀얗게 드러났다
그들은 다리와 가슴, 심지어 목숨까지 떨려

이 건축물의 갑옷을 입었고
나는 가슴이 떨려 오늘
이 고대 도시의 건축물을 마주하고 있었다.

<차이를 발견하다>

10여 년 동안 해외여행을 꾸준히 다녀왔다. 가슴이 떨리기 때문이다. 궁전과 종교, 정치 장소 등의 경우 그 근본은 어디나 동일하다. 우리는 꿈을 꾼다. 그런데 그 꿈은 경험의 한계를 벗어나지 못한다. 그런 의미에서 한계를 벗어나고 싶은 열망에 여행을 자주 하게 되었다.

구름 사이로 극미極微의 옷을 입은
대지 사물들의 알몸이 눈에 들어왔다
저 사물들에 의지해 살고있는
내 질량은 크기는?

<하늘의 알몸을 보다>

저 극미의 질량이 생명이 되려면
얼마나 많은 시간이 걸려야 할까
또 얼마나 많은 질량이 합쳐져야 할까
측량 값은 경외敬畏의 마음이다.

<하늘을 측량하다>

여행은 수속과 더불어 비행기에 탑승부터 시작된다. 비행기를 타면 구름사이를 통과하게 되고, 대기권으로 진입하면 빛의 산란에 의한 파란 하늘이 펼쳐져 있다.

눈에 들어오는 대지의 작은 사물들에서 현재 내 질량을 생각해본다. 또한 사후에 연기가 되어 우주 공간에 퍼지는 내 질량의 크기도 가늠해 본다.

마지막으로 이 질량이 얼마나 오랜 세월동안 모여서 사람이 되었고, 생물이 되었고, 사물이 되었을까 자신에게 묻는다. 그 답은 경외라는 두 글자이다.

> 캄보디아 톤레샵 호수
> 흙탕물 위에 쵸코파이를 가져가고는
> 답례로 물 위에 얹어놓는
> 어린이의 미소 한 송이,
>
> <어쿤>

방정환 연구소의 한국 청소년의 행복지수를 보면 OECD 국가 중 하위 순위를 면치 못하고 있다. 또한 우리 청소년들의 자살율도 세계에서 높은 순위를 달리고 있다. 성인들의 행복지수 역시 낮은 편으로 조사되고 있다.

쵸코파이 한 개에도 감사합니다. 소리를 연신하는 캄보디아 어린이를 환한 미소를 보았다. 그러나 우리는 욕구의 갈증으로 행복을 스스로 왜소해지게 만들지 않나 돌아봐야 했다.

> 종유석鍾乳石과 / 석순石筍이
> 일천 년에 5Cm 씩/ 수백억 년을 달려와
> 석주石柱로/ 한 몸이 되었고

부부 역시 / 수백억 년 동안
바람, 이슬, 비의 인연으로 달려와/ 한 몸이 된
<인연, 그 깊이>

인연의 깊이를 시간으로 계산할 수 있을까? 단순하게 계산하면 만남에서 헤어짐까의 기간이다.

그러나 어머니 모태로 들어오기 전부터 계산한다면 인연의 깊이는 무한대의 깊이이다.

부부 인연 역시 마찬가지일 것이다.

이에 비춰보면 무수한 인연 중에서 만난 필연의 관계가 부부일 것이다. 그래서 미치도록 사랑해야 하는.

3부의 기도와 고백을 쓰고 있다. 인간은 죄인이라고 말한다. 예전에는 종교가 사람을 구속하기 위한 방편이라고 생각해 왔다.

나이가 들면서 내 삶의 시간을 돌아보면 삶은 무수한 죄를 짓는 것이라는 생각이 든다. 계속 내 삶을 두드려보고, 미안해하는 것 내가 올바른 나로 태어나기 위한 노력일 것이다. 그러나 나의 두드림은 초라하다.

빈번한 방귀와 트림, 잦은 복통으로
대장 내시경을 받는다
"노쇠로 인한 대장 무기력증과
만성 과민성 대장 증후군입니다."
내가 스스로 편안히 살아가고 있나?
내가 스스로 편안히 죽어가고 있었나?
물음이 심장을 찌른다.
<내시경 검사를 하다>

내 심장에 청진기를 대면
사르륵사르륵 모래 쏟아지는 소리가 들린다
"조석으로 베토벤의 전원 교향곡을 틀고
느낌의 여백을 음표에 올려놓으십시오."
처방은 아주 간단했다.

<여백의 음표>

　내 안에서 일렁이는 파도를 재우는 길은 내 자신에 대한
끝없는 질문이다. 또한 내 안에서 별, 꽃, 바람……등 소소
한 것의 행복 느낌을 퍼내는 일이리라. 끝없는 기도이다.

수심愁心에서 아주 작은 삭정이 한 개가
쑤욱 뽑혀 나온다
옹이의 색과 부식 상태로 볼 때,
그녀는 삭정이를 제 살로 삭히지 못했고
평생을 심장에 대못으로 박아 놓은 듯하다
아니 그녀가 삭히길 바라는 생각은
내 오만이다

<장작을 패다>

　쓸쓸함과 덧없음을/가슴속에 주렁주렁 걸어 놓았다/
오늘 운전면허증에서 옛 사진에서
　내가 아닌 나를 발견했다.

<바람 잎>

　가슴에 박힌 옹이/ 한 개를 쑤욱 뽑아낸다
날이 밝자, 얼른 가슴을 만져본다
뽑힌 그 자리에서 다시 자란 옹이가
그대로 만져진다.

<동행>

세상에서 제일 얄미운 사람은 "죄가 없다고 주장하는 사람일 것이다. 삶이란 사람과 자연에 서로 의존하고 살아가고 있으니 말이다.

그래서 삶이란 죄를 짓는 일이라 생각한다.

시인들은 깊은 질병疾病을 앓고 있다. 나 역시도 그렇다.

그런데 그 질병은 그리움이다. 감성의 그리움을 넘어, 소멸의 문턱에서 생의 활력을 위한 그리움이다. 갈비뼈에 화석으로 새겨지는 그리움이다.

> 바람이 불 적마다
> 내 모서리를 스쳐 가는
> 네 잔가지 끝에
> 네 마음이 있는 줄 몰랐어
> 누런 진물도 무릅쓰고
>
> 허연 서리꽃 뒤집어쓰고도
> 내 차가운 심장에
> 체온을 이전하는
> 네 실뿌리에 더 더욱 놀랐지
> 난 우두커니 서 있는데

<바위와 겨울나무>

그런데 그 그리움은 좋아함을 넘어 무한한 마음씀에서 샘솟는 미안함이다. 바위와 겨울나무는 그 미안함을 이야기하고 있다. 그것이 아마 진정한 사랑일 것이다.

별빛에 어설픈 눈물을 바르며
그립다고 말하면 감성의 부유물에 중독된 것이다
생과 연緣의 고리가 해체되어
끊긴 마디에서 피가 솟구칠 때
생각나는 사람 그대에게 그립다고 말하라

<그리움>

감성적 사랑의 부유물이 혈관에 흐르고 있다. 그래서 인연이 너무 쉽게 해체되기도 하고, 또 너무 쉽게 인연을 맺는다. 또한 그 고통은 감기처럼 순간적으로 지나가기도 한다.

마지막으로 사회적 문제에 초점을 맞추었다. 우리 사회는 경제적 불평등이 점점 심화되고 있다. 한 때 노동 문제에 대해 깊은 관심을 가져왔다.

풀어주면
팅팅 살이 붙어 절대로 끌려오지 않습니다
그리고 손맛이 아주 미미할 때
줄을 쥐꼬리만큼 풀어주어도 감지덕지 하지요
마른걸레를 짜내면 짜낼수록 물이
주르르 쏟아지는 원리를 깨달아야 합니다.

<낚시터에서>

노동운동의 잔물결조차/ 꽁꽁 얼리고 싶은/ 사용자들
생산라인을/ 도급으로 / 자해를 해 나갔다.

우리 사회는 정규직보다 비정규직이 많은 실정이다. 이

비규정 양산을 위해 도급으로 하청을 늘리는 실정이고, 하청 회사는 인건비 절약을 위해 파트 타임 직원의 사용을 점점 증가시키고 있다. 이로 인해 노동자의 인권과 복지를 위한 노동운동은 점점 위축되고 있다. 안타까운 실정이다.

> 사람의 목을 뚝~ 자른 발전소의
> 석탄 운반용 컨베이어는 스스로 멈추지 않았다
> 사람들은 정지 스위치를 얼른 누르지도 않았다
> 여태껏 컨베이어는
> 사람들의 이익과 수익, 그 대차대조표만
> 운반하고 있었을지 모를 일이었다.
>
> <컨베이어는 정지되지 않았다>

> 쉿!
> 노동자의 추락사는/ 분명히 당신의 책임입니다.
> 우린 완벽합니다
> 추락노동자의 사인을/ 완벽히 받아놓았습니다
> 산재 보험은 확실히 처리하겠습니다.
>
> <쉿!>

하청에서 이어지는 노동자의 안전사고 증가, 사람의 안전을 주로 서류로 행하는 안전 행위…… 우리의 안타까운 현실이다.

끝으로 저의 이야기를 들어주신 독자님들께 심심한 감사를 표합니다.

길에서 부처를 훔치다

길에서 부처를 훔치다